**Vente du Samedi 10 Janvier 1880,**

HOTEL DROUOT, SALLE Nº 8

---

## Collection de M. le Cᵗᵉ de POURTALÈS-GORGIER

# VITRAUX

### DES XVIᵉ ET XVIIᵉ SIÈCLES

## ANCIENNES PORCELAINES DE LA CHINE

### PIÈCES D'ÉCHANTILLON ET AUTRES

## EXPOSITION PUBLIQUE
### Le Vendredi 9 Janvier 18!

DE UNE HEURE A CINQ HEURES

<table>
<tr><td>COMMISSAIRE-PRISEUR<br>**Mᵉ CH. PILLET**<br>10, rue de la Grange-Batelière.</td><td>EXPERT<br>**M. CH. MANNHEIM,**<br>7, rue Saint-Georges</td></tr>
</table>

# CATALOGUE

## D'UNE JOLIE COLLECTION

DE

# VITRAUX ANCIENS

(XVI<sup>e</sup> ET XVII<sup>e</sup> SIÈCLES)

ET DE

## PORCELAINES DE CHINE

Suite intéressante de pièces d'échantillon; Vases en céladon bleu turquoise;
Pièces de fabrication exceptionnelle;
Vases décorés en émaux de la famille verte et de la famille rose;
Objets variés.

### Le tout appartenant à M. le Comte de POURTALÈS-GORGIER

ET DONT LA VENTE AURA LIEU

## HOTEL DROUOT, SALLE N° 8

### Le Samedi 10 Janvier 1880,

A DEUX HEURES.

————+>>>x<<<+———

Par le ministère de M<sup>e</sup> **CHARLES PILLET**, Commissaire-Priseur,
10, rue de la Grange-Batelière,

Assisté de **M. CHARLES MANNHEIM**, Expert,
7, rue Saint-Georges.

*Chez lesquels se trouve le présent Catalogue.*

---

## EXPOSITION PUBLIQUE : le Vendredi 9 Janvier 1880.

De 1 heure à 5 heures.

# CONDITIONS DE LA VENTE

Elle sera faite au comptant.

Les adjudicataires payeront *cinq pour cent* en sus des enchères.

L'exposition mettant le public à même de se rendre compte de l'état des objets, il ne sera admis aucune réclamation une fois l'adjudication prononcée.

Paris. — Typ. PILLET et DUMOULIN, 5, rue des Grands-Augustins.

# DÉSIGNATION DES OBJETS

## VITRAUX

1 — Beau vitrail suisse du xvɪ<sup>e</sup> siècle représentant deux
guerriers debout, ainsi que les armoiries de la ville
d'Hvtwil. Dans le haut, une frise représentant une danse
d'ours.

2 — Autre beau vitrail représentant un sujet analogue
ainsi que les armoiries de Rotwil. Dans le haut, ronde
d'amours. Daté de 1550.

3 — Beau vitrail représentant deux guerriers portant des
étendards de la ville d'Herzberg. Dans le haut, frise de
guerriers.

4 — Vitrail analogue à celui qui précède, avec une seuie
figure de guerrier porte-étendard. Dans le haut, frise
représentant une scène de l'histoire tirée de Guillaume
Tell. Daté de 1555.

5 — Deux jolis vitraux ronds représentant des armoiries
ainsi que des figures de femmes. Daté de 1555 et 1620.

6 — Joli vitrail représentant le serment des trois suisses. Daté de 1624.

7 — Vitrail représentant deux figures de guerriers debout, ainsi que les armes de la ville d'Apenzell. Date de 1649.

8 — Vitrail représentant le sacrifice d'Abraham. Daté de 1619.

9 — Vitrail représentant le sujet de Joseph et Putiphar.

10 — Vitrail rond représentant les armes de l'empire d'Allemagne, soutenues par deux lions héraldiques, et entourées d'armoiries de cantons et de villes.

11 — Vitrail rond représentant deux lions héraldiques soutenant les armes de l'Empire, ainsi que celles de la ville de Berne. Daté de 1555.

## PORCELAINES DE CHINE FAMILLE VERTE

12. — Grand vase en forme de balustre, à col évasé, en ancienne porcelaine de Chine, décoré d'une réception impériale dans un paysage en émaux, de la famille verte.

13. — Deux potiches à couvercles, en ancienne porcelaine de Chine, décorées de fleurs et d'oiseaux.

14-15 — Deux jolis plats ronds en ancienne porcelaine de
Chine, décorés de fleurs et d'ornements en émaux de
la famille verte, sur fond à rosaces rouges, dessinées au
trait.

16 — Pitong en ancienne porcelaine de Chine, décoré de
chevaux émaillés en couleurs, sur fond vert.

17 — Autre pitong décoré de sujets familiers, en émaux de
la famille verte.

18 — Jolie tasse haute et arrondie, en ancienne porcelaine
de Chine, décorée d'un sujet familier, dans un paysage
en émaux de la famille verte, sur fond doré.

19 — Grand vase en forme de balustre, décoré de sujets
familiers dans un paysage, et d'un dragon en ronde
bosse, entourant la gorge et une partie de la panse du
vase.

20 — Coupe ronde à côtes, en ancienne porcelaine de
Chine, décorée de fleurs en émaux de la famille verte.

21 — Coupe ronde, en ancienne porcelaine de Chine, décorée de larges fleurs arabesques.

22 — Autre coupe ronde, décorée de branches de fleurs si-
mulant des médaillons ronds, ainsi que d'ornements
en émaux de la famille verte.

23 — Trois figures d'enfants debout, en vieux Chine, décorées en émaux de la famille verte.

24 — Petite coupe à libations, à anse dragons en relief, et
décor en émaux de la famille verte.

25 — Pitong en vieux Chine, décoré d'une figure fantas-
tique.

26 — Plateau rond à lobes, décoré de branches de lotus
sur fond jaune.

## PORCELAINES DE CHINE FAMILLE ROSE

27 — Deux jardinières rondes et profondes, en vieux Chine,
fond rose à fleurs émaillées, et médaillons de paysages
et dragons.

28 — Deux petits vases de forme cylindrique, en ancienne
porcelaine de Chine, décorés de sujets militaires, en
émaux de la famille rose.

29 — Petite jardinière oblongue en ancienne porcelaine de
Chine, décorée de personnages et d'ornements en
émaux de la famille rose.

30 — Petite coupe en forme de fleur, émaillée vert, flan-
quée d'un canard en ronde bosse décoré en émaux de
la famille rose.

31 — Cinq petites tasses avec soucoupes en porcelaine
mince de la Chine, décorées de fleurs en émaux de la
famille rose.

32-33 — Deux plats ronds en ancienne porcelaine de Chine,
décorés de fleurs et d'oiseaux en émaux de la famille
rose.

34 — Petite jardinière ronde et profonde, en ancienne porcelaine de Chine, décorée de fleurs arabesques émaillées en couleurs sur fond jaune.

35 — Petite jardinière de même forme, décorée d'attributs
et de fruits, sur fond filigrané rouge.

36 — Jardinière ronde et basse, en porcelaine de Chine, à
compartiments de fleurs, et fond jaune décoré de fleurs
arabesques.

37 — Pitong décoré de fleurs en émaux de la famille rose.

38 — Bouteille à fond rose relevé de fleurs émaillées en
couleurs et médaillons de paysages.

39 — Deux vases en forme de balustre, décorés d'attributs
divers.

40 — Pitong formé de deux parties rectangulaires acco-
lées, décoré de figures et d'ornements en émaux de la
famille rose.

## PORCELAINES DE CHINE CÉLADON TURQUOISE

41 — Deux chimères assises, en céladon bleu turquoise.

42 — Joli vase en forme de balustre, en ancienne porcelaine de Chine, fond bleu foncé, décoré de fleurs et d'ornements gaufrés en relief, émaillés bleu turquoise, ou réservés en blanc. Pièce rare.

43 — Joli vase carré à bandes saillantes, en céladon bleu turquoise.

44 — Joli vase en forme de balustre, en céladon bleu turquoise.

45 — Autre joli vase en céladon bleu turquoise. Celui-ci est de forme ovoïde.

46 — Vase en forme de balustre, à ouverture large, en céladon bleu turquoise, et à anses têtes chimériques.

47 — Petite bouteille en ancien céladon bleu turquoise, flambé bleu foncé.

48 — Petit vase de forme analogue, à ouverture évasée en céladon bleu turquoise.

49 — Petite coupe à libations, en céladon bleu turquoise.

50 — Petite bouteille en céladon bleu turquoise.

51 — Petite bouteille analogue à celle qui précède.

## PORCELAINES DE CHINE

### FABRICATIONS EXCEPTIONNELLES

52 — Joli vase en forme de bouteille, à col évasé, en ancienne porcelaine de Chine, flambée violet. Belle qualité.

53 — Cage à mouches de forme sphérique, découpée à jour, émaillée bleu d'eau, et médaillons décorés de figures d'enfants.

54 — Cage analogue à celle qui précède, à fond d'or.

55 — Jolie coupe ronde, en porcelaine de Chine, fond rose lie de vin vermiculé et médaillons de paysages dessinés au trait. Règne de Kien-long.

56 — Coupe analogue à celle qui précède, à fond rose et médaillons de fleurs.

57 — Autre coupe analogue, à fond bleu et médaillons de paysages et de personnages.

58 — Coupe de même qualité, à fond jaune et médaillons de fleurs.

59 — Coupe analogue, fond bleu clair et médaillon de fleurs.

Les cinq coupes qui précèdent proviennent du Palais impérial.

60 — Coupe ronde décorée de dragons gravés, émaillés violet sur fond vert. Règne de Kien-long.

61 — Petit vase en forme de bouteille, en porcelaine de Chine, décoré d'un dragon impérial, gravé et émaillé vert sur fond jaune nankin.

62 — Deux petits vases en forme de cornet, fond vert gravé et fleurs et oiseaux émaillés en couleur.

63 — Petit vase en forme de gourde, de même qualité que les vases qui précèdent.

64 — Petit vase en forme de balustre, décoré à l'imitation du bronze.

65 — Petit vase en forme d'urne, en porcelaine de Chine, fond rose gravé et fleurs émaillées.

66 — Joli petit vase en forme de balustre, en porcelaine de Chine soufflée bleu et vert clair.

67 — Pitong, en porcelaine de Chine, imitant des branches et des feuilles de bambou émaillées bleu violacé.

68 — Petit vase en forme de bouteille, en porcelaine de Chine, émaillé bleu uni.

69 — Petit crachoir en porcelaine craquelée, décoré de fleurs et de caractères émaillés en couleurs et or.

70 — Petit crachoir en grès, émaillé vert clair et décoré de fleurs en camaïeu vert.

71 — Pitong en forme de branche de bambou, émaillé jaune nankin, et de figures gaufrées en relief et émaillées en couleur.

72 — Petit vase en forme de bouteille, en porcelaine de Chine marbrée sur fond jaune.

73 — Joli petit vase en forme de balustre, décoré à l'imitation du bronze.

74 — Petit vase carré émaillé vert clair.

75 — Petite cafetière à anse, en ancienne porcelaine de Chine, fond bleu fouetté et décor d'or.

76 — Autre petite cafetière à col droit, de même qualité.

77 — Trois petites tasses avec soucoupes, en porcelaine mince, décorées de sujets familiers dans des paysages en noir et or.

78 — Petite coupe ronde, décorée d'attributs au centre et d'une large bordure d'ornements en couleurs sur fond jaune.

79 — Petit vase de forme surbaissée, émaillé rose gravé et fleurs en couleurs.

80 — Petit vase en forme de balustre, émaillé bleu uni.

81 — Petite bouteille fond bleu empois et fleurs en camaïeu bleu.

82 — Porte-allumettes en porcelaine de Chine marbrée et fond rouge, rehaussé de dorure.

83 — Petite coupe formée de deux chauves-souris rouges.

84 — Théière en forme de pêche de longévité, émaillée vert d'eau et tachée de brun.

85 — Joli petit vase en forme de balustre, à deux anses, en porcelaine de Chine, soufflé bleu verdâtre.

86 — Bouteille à fond jaune Nankin, décorée de fleurs gravées et émaillées en couleurs.

87 — Petit vase en forme de rouleau, décoré d'une figure de guerrier en rouge de fer.

88 — Deux pièces : Petit vase en forme de balustre, en porcelaine craquelée et petit vase carré, décoré de fleurs et dragon, en ronde bosse entourant le col du vase.

89 — Deux vide-poches de forme oblongue, à rosaces repercées à jour, en truité vert camélia.

90 — Petit vase en forme de balustre carré, à deux anses, en porcelaine de Chine, émaillé vert.

91 — Petit vase en forme de balustre, à panse octogone surbaissée et à col droit, garni de deux anses formées de poissons en céladon vert d'eau, gaufré à ornements.

92 — Petit vase en forme de balustre, émaillé rouge haricot.

93 — Petit vase ovoïde, en porcelaine de Chine, émaillé bleu uni.

94 — Deux petites coupes rondes, en ancienne porcelaine de Chine, fond bleu fouetté, à décor de fleurs et caractères en or.

95 — Petite coupe ronde et plateau à bord festonné, décorés de dragons gravés, émaillés vert sur fond jaune impérial. Ces pièces proviennent du Palais.

96 — Petite tasse présentoir, en porcelaine craquelée rose de la Chine.

97 — Deux petits plateaux oblongs à lobes, décorés de caractères rouges et à bords verts décorés d'arabesques émaillées.

98 — Petit vase de forme sphérique, fond jaune gravé et décor de fleurs.

99 — Plateau octogone et à contours à décor, émaillé en couleurs sur fond brun rouge à l'extérieur, et bleu d'eau à l'intérieur.

100 — Très petit vase à ouverture large, en porcelaine de Chine, décoré à l'imitation du bronze.

101 — Bouteille garnie de deux petites anses cylindriques, en porcelaine de Chine, émaillée bleu et dragons dorés.

102 — Deux petites chimères assises, sur socles carrés, en ancien blanc de Chine.

103 — Joli vase en forme de gourde, en ancienne porcelaine flambée violet et rouge de la Chine.

104 — Petit vase en forme de gourde, émaillé bleu violacé.

105 — Petite bouteille émaillée bleu.

106 — Petit vase en forme de gourde, en porcelaine de Chine, soufflée bleu.

107 — Théière à panse sphérique, à fond rose et médaillons de personnages.

108 — Joli vase en forme de rouleau, en ancienne porcelaine de Chine, fond bleu fouetté et décor d'or.

109 — Vase analogue à celui qui précède.

110 — Boîte ronde en porcelaine de Chine, fond chagriné émaillé vert d'eau et chauve-souris, décorées rouge sur le couvercle.

111 — Petite coupe en forme de fleur, émaillée jaune et feuillages verts.

112 — Deux vases en forme de gourde se divisant en deux parties, en porcelaine de Chine, décorés de sujets familiers émaillés en couleurs sur fond vert.

113 — Joli vase de forme ovoïde, en ancienne porcelaine de Chine jaspée rouge violacé.

114 — Jardinière octogone fond jaune gravé et médaillons de fleurs et paysages émaillés en couleurs.

## PORCELAINES DE CHINE DÉCOR BLEU

115 — Deux potiches à couvercles, en ancienne porcelaine de Chine, décorées d'oiseaux et de fleurs sur fond bleu.

116 — Très petit vase en forme de balustre, à pans et à deux anses, en ancienne porcelaine de Chine, décoré de figures et de nuages en bleu sur fond d'or.

117 — Vase de forme sphérique, dite pot à tabac, en ancienne porcelaine de Chine, décoré de chimères dans des médaillons et fond bleu marbré.

118 — Petit vase en forme de balustre, à ouverture étroite décoré de chimères et d'attributs en bleu.

119 — Petite bouteille décorée de fleurs arabesques en bleu sur blanc.

120 — Soupière oblongue à décor bleu.

## PORCELAINES DIVERSES

**121** — Deux jolies petites chimères assises formant flambeaux, en ancienne porcelaine de Chine, émaillées vert et brun.

**122** — Deux chimères analogues mais plus petites, décorées en émaux de la famille rose.

**123** — Petit vase de forme sphérique en porcelaine craquelée gris et à anses têtes chimériques émaillées brun; sur pied en bois.

**124** — Deux petits vases à fleurs reposant sur le dos d'éléphants debout, en porcelaine de Chine, décorés en couleurs.

**125** — Deux plateaux en forme de papillon, décorés de fleurs et de papillons, émaillés en couleurs sur fond bleu.

**126** — Coupe ménagère à compartiments et à couvercle, décorée de fleurs et d'insectes.

**127** — Petite coupe vide-poche en forme de fruit, tenue par un personnage assis, le tout émaillé en couleurs.

## OBJETS VARIÉS

**128** — Deux petits écrans, en hauteur, en ivoire gravé, à sujets familiers.

**129** — Six petites tasses en ancien émail de Canton, décorées d'ornements variés de nuances.